기획의 말

그리운 마음일 때 'I Miss You'라고 하는 것은 '내게서 당신이 빠져 있기(miss) 때문에 나는 충분한 존재가 될 수 없다'는 뜻이라는 게 소설가 쓰시마 유코의 아름다운 해석이다. 현재의 세계에는 틀림없이 결여가 있어서 우리는 언제나 무언가를 그리워한다. 한때 우리를 벅차게 했으나 이제는 읽을 수 없게 된 옛날의 시집을 되살리는 작업 또한 그 그리움의 일이다. 어떤 시집이 빠져 있는 한, 우리의 시는 충분해질 수 없다.

더 나아가 옛 시집을 복간하는 일은 한국 시문학사의 역동성이 드러나는 장을 여는 일이 될 수도 있다. 하나의 새로운 예술작품이 창조될 때 일어나는 일은 과거에 있었던 모든 예술작품에도 동시에 일어난다는 것이 시인 엘리엇의 오래된 말이다. 과거가 이룩해놓은 질서는 현재의 성취에 영향받아 다시 배치된다는 것이다. 우리는 현재의 빛에 의지해 어떤 과거를 선택할 것인가. 그렇게 시사(詩史)는 되돌아보며 전진한다.

이 일들을 문학동네는 이미 한 적이 있다. 1996년 11월 황동규, 마종기, 강은교의 청년기 시집들을 복간하며 '포에지 2000' 시리즈가 시작됐다. "생이 덧없고 힘겨울 때 이따금 가슴으로 암송했던 시들, 이미 절판되어 오래된 명성으로만 만날 수 있었던 시들, 동시대를 대표하는 시인들의 젊은 날의 아름다운 연가(戀歌)가 여기 되살아납니다." 당시로서는 드물고 귀했던 그 일을 우리는 이제 다시 시작해보려 한다.

기획의 말

그리운 마음일 때 'I Miss You'라고 하는 것은 '내게서 당신이 빠져 있기(miss) 때문에 나는 충분한 존재가 될 수 없다'는 뜻이라는 게 소설가 쓰시마 유코의 아름다운 해석이다. 현재의 세계에는 틀림없이 결여가 있어서 우리는 언제나 무언가를 그리워한다. 한때 우리를 벅차게 했으나 이제는 읽을 수 없게 된 옛날의 시집을 되살리는 작업 또한 그 그리움의 일이다. 어떤 시집이 빠져 있는 한, 우리의 시는 충분해질 수 없다.

더 나아가 옛 시집을 복간하는 일은 한국 시문학사의 역동성이 드러나는 장을 여는 일이 될 수도 있다. 하나의 새로운 예술작품이 창조될 때 일어나는 일은 과거에 있었던 모든 예술작품에도 동시에 일어난다는 것이 시인 엘리엇의 오래된 말이다. 과거가 이룩해놓은 질서는 현재의 성취에 영향받아 다시 배치된다는 것이다. 우리는 현재의 빛에 의지해 어떤 과거를 선택할 것인가. 그렇게 시사(詩史)는 뒤돌아보며 전진한다.

이 일들을 문학동네는 이미 한 적이 있다. 1996년 11월 황동규, 마종기, 강은교의 청년기 시집들을 복간하며 '포에지 2000' 시리즈가 시작됐다. "생이 덧없고 힘겨울 때 이따금 가슴으로 암송했던 시들, 이미 절판되어 오래된 명성으로만 만날 수 있었던 시들, 동시대를 대표하는 시인들의 젊은 날의 아름다운 연가(戀歌)가 여기 되살아납니다." 당시로서는 드물고 귀했던 그 일을 우리는 이제 다시 시작해보려 한다.

침엽수림에서

문학동네포에지 086

엄원태 시집

침엽수림에서

시인의 말
—시작노트 중에서

육체의 병을 통하여, 다시금 어떤 한계에 이른 세상의 아름다움을 보게 되었다. 내 의식의 진창에는 끊어진 욕망의 옷자락들이 번들거리며 바람에 나부꼈다. 펄럭, 퍼더덕, ……

퍼덕거리는 욕망의 촉수들은 처음엔 피를 뿌리며 아우성치는 듯했으나, 몇 년이 지나자 이내 어떤 심연으로 까마득히 빨려들듯 가라앉아갔다.

욕망을 끊어내는 삶, 병에 발 묶인 일상을 통하여, 먼 곳에 아득하기만 하던 어떤 실체가 절실하게 내 쪽으로 다가와주었다. 나는 그 뒤섞인 고통과 절망을 있는 힘을 다해 붙잡았다. 그러나 그것은 나를 어떤 어둡고 아름다운 곳으로 끌고 가기 시작했다.

1991년 5월
엄원태

개정판 시인의 말

오래 시를 쓰지 못한 시절들이 있었다.
첫 시집 이후, 33년 만에 복간판을 내게 되었다.
돌아보니, 시를 쓰지 못하던 시절의 반복만 같다.

요즘은 다시 시를 전심전력 읽으며 지내고 있지만,
시쓰기는 그만큼 열심히 따라가진 못하고 있다.

2023년 겨울
엄원태

차례

3부

1부

놀라운 죽음, 침엽수림에서

1
이럴 수가 있나, 아니, 이건 거짓이거나
환각, 이라고 시인의 죽음에 놀라던
평론가께서도 어느 날 석간에 실려,
예의 무미건조한 이별을 고함으로써
아니, 이럴 수가, 하며 나를 경악게 했다

내 죽음에 적어도 나는 결코
놀라지 않을 것이다, 내 것이
아닌 한, 언제나 그것은
아득한, 경악이거나
베어내는 애석함일 테지만, 죽음은
도대체 왜 그 모양인가?
혼자 입고 가는 내의(內衣)처럼 무표정한?

2
침엽수림에 해가 저물었지만, 아직
온기는 미미하게 남아 있었다
숲길은 아직 가본 적이 없는 마을로 통하고,
겁먹은 듯, 어둡살이 낀 저녁 황톳길을
걸어나갔다, 어디선가, 나무에 큰 못을 박는 소리가
땅, 땅,
울려 나왔다, 발밑을 보니 핏덩이가! 신발에 엉겨붙어
무거웠다, 혼자라는 것이 무서웠다

숲이 숨기고 있을 몇 개의 애장과, 파헤쳐진 장방형의 구덩이들,
누가 묻혔거나, 또 누가 묻힐 그 황토 구덩이들이
검은 입을 벌리고 있는,

나는 그 숲길을 끝까지 가지 않았다
언젠가, 그 길이 열어줄
낯선 풍경들을 아껴두기라도 하듯,

3
갑자기 나는 너무 부끄러웠다. 헛살아온 시간이
들이닥쳤다, 침엽수림은 아직 타닥, 타닥,
불타는 소리를 바람에 실어보내고, 창밖을
내다보지도 못한 채, 자괴에 웅크리며
뒹굴었다, 내 속에 불 지피는 것 있어,
울부짖었다, 숲은 메마른 뼈들로 불타고 있었으므로
울음은 어딘가에 파묻힌다

원형적 이미지들은 누군가에 맡겨지고, 교양적인
내 삶은 살해된다, 그럼에도 불구하고, 나는
인식의 시들을 쓰기로 한다, 느낌이 내부에서 타올랐다가
사그라들 때, 그 재 위에 글씨를 쓰며, 깨달음이란
재 날리듯, 흩어진 자모(子母)의 파편들일 것이니,

아아, 너무 지독한 부끄러움이
나를 쓰러뜨렸다, 나는 죽었다,
가슴이 참을 수 없이, 아파왔다

버려진 자동차

친구여, 나는
존재를 말하고자 한다, 아니
소멸에 대해서 말하고자 한다, 그것은

단순히, 한적한 변두리의 길가에 버려진,
며칠 먼지를 쓴 채, 개망초나 쑥부쟁이,
엉겅퀴 등 잡풀들의 영역에, 처음엔 침입자로서,
씀바귀나 민들레의 꽃줄기를 조금 다치며,
쇠붙이로서의 자존심과, 상징적인 무게로서,
힘을 감추듯, 스르르,

철없는 아이들의 놀이터로서, 자기가 밟았던 그
마른 줄기나 잎들에 발목이 빠진 채,
약간은 기울듯 멈춰 있는,

천천히, 그리고 조금씩, 부서져가는 그 모습은
홀로 아름답지 않은가, 눈부신 현존은 아닌가,

싱싱한 성능으로 번화한 가로를 누비고 다닐 때에도
기껏 상투적인 꿈들이나, 조금은
쓸쓸한 가슴들을 싣고 다녔을 것이니,

무엇이 다른가, 또는 무엇이 같은가, 친구여
그것이 씽씽 달리던 세계를 아직도 믿고 있는가,

그렇다면 이곳은 또 어디인가,

얼마간의 머무름도 잠시,
이제 곧, 더 쓸쓸한
어떤 바깥으로 그것은 불려갈 것이다
누군가(아마도 하느님?)에 의해,

우리는 그것을 다만,

사라짐이라 말할 뿐,

나무는 왜 죽어서도 쓰러지지 않는가

저물도록,
그녀는 일 마치고 나올 줄 모르고, 기다리는
사내 앞으로, 추억처럼 차들이 흘러갔다

그는 담배에 불을 붙인 다음,
성냥개비를 길가의 도랑에다 휙,
던져버린다, 시궁창이 잠깐, 비친 듯
그것을 찌르지 못하고, 성냥개비는 옆으로 눕는다
뜬 채 고정되어,

아까부터 조금 떨어진 미루나무 뒤에 숨어 있던
번들거리는 검은 고동색 반코트의, 딱딱한 표정을 가진 '헬멧'이
성능 좋은, 그러나 조금은 낡은 오토바이 옆에서
힐끗, 이쪽을 보았지만
다시 못 본 척, 가죽장화 발로 타이어를 툭, 차본다

다시, 그는 담배가 다 탈 때까지 공장 담벼락에
기대서서, 그녀가 나오기를 기다려본다
골목 입구의 가게에서 심부름 온 계집아이 하나
손에 담뱃갑과 동전을 들고 나오다가
화들짝, 놀란 듯 멈칫거렸으나, 이내 종종걸음으로
골목 안으로 들어가버린다

참기 힘든 듯, 경찰은 신경질적으로 시동을 걸고는
산업도로 방향으로 황급히 사라져버리고, 이윽고
사내 혼자 남는다, 키 큰 나무들이 더 높은 공중으로
떠오르고
발밑의 잡초들은 수북이 부풀어오른다, 시간은 그렇게
하염없이 늘어지기만 하고, 허기진 공복은
한 사발의 냉수처럼 쓸쓸하다

나무들은, 누렇게 뜬 잎을 버리지도 못한 채
허공에 매달려 있다, 형벌의 팔들을 가까스로 들고
나무는 왜 죽어서도 쓰러지지 않는가,
피가 말라, 여윈 껍질만 비틀린 채
제 몸 하나 눕힐 자유마저 없이!

어쩌면 일생을, 그녀는
일 마치고 나올 줄 모르고, 기다리는
사내 앞으로, 추억처럼 차들이 흘러갔다

잠겨진 문

장님처럼 나 이제 더듬거리며 문을 잠그네
—기형도, 「빈집」

1

그의 시가 만들어놓은, 컴컴한 방에 들어간다
그가 죽었으므로, 그의 단 하나뿐인 성채는
무너진다, 박쥐가 이미 점령한 곳, 거미줄을 걷으면
묻어나는 폐허의 향기, 별안간 입이 마른다
손을 뻗어, 벽을 만져본다
그가, 죽었다, 딱딱하다

출구를 찾거나, 조그만 창이라도 낼 때까지,
더듬거리는 손끝은 시리다, 떨어져나갈 것처럼
아프다, 손을 내려다보니, 찬 손이 희다, 아아, 쓰러……
진다, 나비처럼 비칠대며, 어떤 내부 쪽으로
빨려들듯 컴컴하게,

2

그것을
예감이라 말하지 않는다, 그는
어둠에 접수되었고, 길은 아직도 자국눈 덮였으며
아무도 그것을 밟지 않았다, 너무도 이른
새벽이었으므로, 박명(薄命)이 추웠다, 부스스

몸을 추스르는 순간, 마른 고드름들이
온몸에서 우수수 떨어졌다

이것은
현실(現實)인가 현실(玄室)인가, 고요 속에 시간만이
켜켜이 쌓이고, 아름답던 언어의 부장품들
시간에 스며들어, 형체 없이 사그라져버릴, 무거운 침묵을
지켜볼 것이다, 그것은 아마도 지친 잠깐의 휴식이거나
적막의, 산책을 나간 사이일지도 모르므로,

언젠가, 그때도 강은
안개에 묶여 있을 것이고, 긴 다리 위에서
외투깃을 세운 그를 스쳐 지나도,
아무도 미처 그가 누군지
눈치채지 못할지도 모를 일

역장(轢葬)

그것은 쓰러져 있었다, 중앙선 쪽으로 걸쳐
길 복판에, 처음엔 걸레 같은 것인 줄 알았다
모진 바퀴에 허리라도 꺾인 듯
몸체는 균형을 잃고 있었지만,
얼룩무늬의 털은 여전히 깨끗하고
네다리를 나란히 눕힌 채,
얼핏, 편한 잠이라도 든 것처럼, 모로 누워 있었다

달려오는 차를 보고, 고양이는 그 밑에
몸을 숨기려고 했던 것은 아닌지?
맹렬한 속력을 감추기라도 하듯, 차들은 분명
위협적인 불빛을 쏘아댔을 게고, 바퀴들은 움직임을
감추고 아스팔트 위를 미끄러지듯 구르며
속임수를 썼을 터이니,

얼마 전, 그곳을 지나며 짐짓 그것을
보지 않았다, 그러나 으스러진 머리, 터져나온 내장,
압착된 육신이 남긴, 검은 핏자국은 얼마간
사람들의 뇌수에 어떤 각인으로 되살아날 것이다
그것은 이미 정경의 한 부분이 되어 있었지만, 황막한
오늘 다시 거기서, 이미 몇 점 말라붙은 가죽과
거뭇거뭇한 자국으로만 남은, 죽음의 한 흔적을 보았다
스쳐지나며, 길의 막막함과, 뛰어들던 결정적인 한순
간의

어둠을 떠올려본다, 잘 가라, 잘 가, 나지막이
뱉는다, 이미 지상에 육신을 흩뿌려, 지웠으므로

사람들 앞에 건너야 할 길이 가로놓인다,

길은 어둡고, 해는 저물었는데,

아득하게, 건너편이 안 보인다, 끝이 없다

죽음의 집의 기록

태야, 나가지 말아라, 방안에서 아
버지의 단호한 음성이 들려왔다. 나
는 마당에 쭈그려 울고 있었고, 어
두운 들판은 무섭도록 아름다웠다

1
아내는 갑자기 흐느끼며 집을 뛰쳐나가고
아이 두 놈이 뒤를 따라 나갔다
모친은 안방에서 진종일 모로 쓰러져 누우셨고
동생 녀석은 점심때가 지나서야 슬슬 일어나서는
화장실과 부엌을 기웃거리곤 도로 들어가 누웠다
무능한 나로서는 무슨 일인가 짐작만 하며
구석방에서 시를 쓰고 엎어졌는데,
큰아이놈 친구가 현관문을 빼꼼히 열고
놀자, 하고 부르다간 기척이 없자 쾅, 닫는다
병든 일상은 먼지처럼, 적막한 날짜들로 첩첩하고
카타콤의 시간이, 아파트 계단을 금속성으로 울며
까마득히 떨어져내려갔다

2
아버지가 벌컥 방문을 여셨다, 태야,
소주를 사와야겠다, 다시 방문이 콱, 닫혔다
방은 언제나 닫혀 있었다, 불도 켜지 않으시고
가끔씩 흥얼거리는 듯 낮은 노랫가락이 흘러나오곤 했

는데
나는 그것이 어떤 아득한 버팀이라는 것을
어른이 되고야 알았다, 답답하기만 하던 그것이
일상의 한 뛰어넘음임을, 실업의 날들에 정처 없이
떠내려가던 그런 시절에야, 천천히
그것을 깨닫게 된 것이다

어느 날, 아버지께서 안고 가신 절망만큼
깊은 어둠이, 내 여생에 서늘히 드리워지는 것을
보았다, 나는 엎드려 발버둥치며 큰 소리로 울었다
어머니가 태야, 너 왜 이러니, 왜 이러니, 하시면서
우셨다, 얼마를 울었을까, 어두워 늦은 저녁을 먹고 나자
절망은 완전히 내 것이 되어 있었다

3
어린것이 무슨 낚시질이냐,
못마땅해하시던 아버지, 찡그린 표정으로 그날
거창으로 광산 일 보러 가셨다, 병상에서 모처럼 일어
나셔서
한참을 마루에 앉으셨다가, 가셨다
그리고 그날 밤, 한 시골 병원에서
낮에 사 드신 옥수수 삶은 것 토하시고, 어머니 달려가
시고
아버지 그렇게 돌아가셨다

머리로 몰리는 피의 무서운 압력을 견디시려고
일어나 앉으신 채로, 찡그린 그 표정으로!

시신을 택시에 승객처럼 싣고, 시신에 기대어
밤길을 달려오신 어머니, 그 캄캄한 어둠길이 우리가 가는
어디에선가……

나는 밤새 여름 풀밭에 누워
뿌연 별들이 손끝에 닿을 듯 드리워진 밤하늘, 그 서늘한 깊이에
까마득히 빠져들곤 했었다, 황홀토록 아름다운,
별똥들이 긋는 아득한 선들의 명멸(明滅)을 보았다
아버지 돌아가시던 그때에, 나는
놀랄 만큼 큰 붕어 한 마리를 잡고,
흥분과 까닭 모를 공포에 질려 있었다

4
숙아, 나는 지금 싸우러 간다
그래서 지금 너의 약속이 필요하다
단순히 빛을 받으러 가는 것이 아니다
그러므로 네가 우리집에 필요한 것이다
철없는 것아, 그래도 너의 약속이 필요했다
내 존재를 기댈 곳이 너밖에 없었다

지금은 괜찮단다, 이제는……
그리고 시간이 흘렀습니다, 바뀐 것은 아무것도
없습니다, 숙이는 끝내 약속을 하지 않았습니다

5
아우는 새벽에 전철을 타고 학교로 갔습니다, 너무
추운 날이었습니다, 주인집에서 탄불을 얻어다 방에
불을 넣었습니다, 그래도 너무너무 추웠습니다, 이불을
덮어쓰고 웅크리고 있다가, 잠이 들었습니다, 어두워
져서
아우가 돌아왔습니다, 그날은 둘 다
아무것도 먹지 못했습니다

상처 속에서 혼자, 울 줄도 모르고 사춘기를 보낸
아우의 메말라버린 가슴을, 요즘
결혼해 얻은 아들을 어르는 그 옆모습에서
쓸쓸히 느껴보는 것이었습니다

뒤꿈치에 운명을 끌고 다니는 여자

저탄장으로 이어진 더러운 철로를 건너,
길 구석의 잡풀들을 지나 정비 공장의 먼지 속을,
늙지도 젊지도 않은 사내 몇, 무료하게
시간을 죽이고 있는 복덕방이나 전망 없는 사무실들로,
짧은 치마 밑에 드러난 종아리를 종종거리며
차 배달 가고 있는 여자,
횡단보도의 신호 앞에서 껌을 씹으며 무표정한,
변두리 어디서나 흔히 만날 수 있는 그 여자들

왜 하나같이 굽 높은 슬리퍼를 끌고 다니는지,
보자기엔 보온병과 찻잔들을 싸 들었지만, 사실
무엇 하나 가볍게 들어올리지 못하고,
떨, 떨, 혹은 질질,
지리멸렬한 운명을 하염없이
뒤꿈치에 끌고 다니는지, 껌을 씹으며,
환멸과 애착을 동시에 씹으며,
풀어진 눈동자와, 반대로 선명한 빨간색의 짙은 루즈가
묘한 서글픔의 대조를 이루는……

떠도는 일상을 습관으로 견디며, 그녀는 자신에게
짐 지워진 삶을 가볍게 들어올리지 못하고!
그 전체를, 뒤꿈치에 끌고 다니는 것인가

이 변두리의 삶은

안과 밖이 한 장의 유리처럼
얇고 투명한데, 얇아서
소리 없이 부스러지는, 유릿조각 같은
메마른 공기를, 그 먼지를
하느님이 무표정하게,
들여다보고 있다

뇌출혈

1

어머니가 뒷방으로 오셨다. 얘야, 방이 별로 따뜻하지 않구나, 난방 파이프에 바람을 좀 빼야겠구나, 예, 나는 세숫대야를 대고, 방구석에 있는 난방 조절 박스를 열었다. 아이 두 놈은 무슨 구경이라도 난 듯 목을 들이밀고 구경하고, 나는 밸브 옆에 주삿바늘 모양으로 생긴 꼭지를 틀었다. 그 순간, 녹이 잔뜩 슨 꼭지는 견디고 있던 압력을 참지 못하고, 전폭적으로! 터져버린 것이다. 아이쿠, 아이들과 나는 순식간에 튀어오르는 썩은 물을 뒤집어쓰고 물은 폭압적으로 치솟아 온 방을 적셨다. 나는 뜨거운 물을 뒤집어쓰면서 손가락으로 구멍을 막았다. 이렇게 작은 구멍에서 엄청난 물이 쏟아져나오다니, 아파트 단지 전체를 데우는 거대한 보일러의 압력이 지금 이 구멍으로 한꺼번에 밀려나오고 있는 것이다! 손가락이 뜨거운 것인지 아픈 것인지 정신까지 황망한데, 관리실에 전화를 해보세요, 나 대신 구멍을 막고 있는 아내의 하얗게 질린 얼굴에 검은 물방울들이 얼룩져 있었다. 밤중이라 기사가 아무도 없는데요, 이런, 속수무책!

2

10분이 흘렀을까? 아니면 한 시간? 대책 없이 관리실 아저씨가 왔다. 계단 옆에 있는 온수 밸브를 잠그니, 구정물을 씻어내려고 샤워 물을 틀고 있던 아이들, 온몸에 비누칠을 했는데, 온수만 뚝, 그쳤을 뿐, 구멍의 난방수는 그대로 치솟고, 다시 지하실로 내려가서 동 전체의 난방을 잠가보겠다는 아저씨, 아이들은 수건으로 비눗물을 대강 닦아내고 옷을 챙겨 입었는데, 아저씨 올라와서는 이제 안 나오죠? 하면서 아내와 교대로 구멍을 막아보려다 뜨거운, 한 10년은 족히 썩었을 검은 물을 뒤집어썼을 뿐, 도무지 잠길 줄 모르고 치솟는데, 어머니는 온몸을 적시며 쓰레받기로 그 구정물을 세숫대야에 퍼 담아내시고, 아랫집에서는 천장에 물이 새요, 하며 달려오고, 어쩔 줄 모르는 순간들이 우리를 짓누르고, 우리는 모두 무언가를 허둥대며 끈적끈적한 어둠에 휩싸이는 지경이었는데, 밸브, 밸브, 캄캄한 절망의 터널 끝에 놓인 밸브. 이사 올 적 냉장고를 놓을 때 보았던 부엌 구석의 큼지막한 밸브! 아저씨와 나는 허겁지겁 냉장고를 들어내고 그 밑의 밸브를 잠갔다. 구멍의 물이 드디어 뚝! 그쳤다.

3
우리집에 평화가 왔다, 그러나
난방이 차단된 추운 방에서 자며, 꿈에
거대한 몸체를 쓰러뜨리며 아파트가
무너져내리는 것을 보았다.

아버지는 그렇게 우리 곁을 떠나셨다.

겨울에게

—혹은 남긴 것 없이 떠난 자들에게

그대들은 갔다.
세상이 바뀌고, 꽃이 피면
개나리는 곧 잎도 생겨나는 것인지
꽃피지 않는 나무들이
뿌리째 뽑히던 날 아침에,
바람이 세차고 끈끈하게 몰아치니
조간신문은 갈매기처럼
펄럭이며 날고, 빈 게시판은
기둥이 부러지며 쓰러졌다.
비가 왔다.
넓은 아스팔트 주차장엔
뽀얀 물안개가 파도치며 한쪽으로
쏠려 불어가고, 고층 아파트 건물들은
서 있기가 불편한 듯 창틀과
쇠 난간을 울리며 서성댔다.
등교하던 아이들은 놓쳐 날아가는
우산을 뒤쫓으며 울고,
선생님들은 웅크리고, 바람에 망가진
우산을 겨우 머리에 얹은 채
허겁지겁 교무실로 도망치듯 들어갔다.
종이 울리고, 계절이
바뀌어 꽃피는 것을 시샘하는
비바람 속에서, 이 땅의 백년대계를
가르치고 배우려는 수업은 시작되었다.

신개발지구에서

오늘도 조용히 들어봐
물이 낮은 데로 자연스레 흐르고
바람은 잔가지 사이를 지날 때
가장 많은 상처를 입게 되는 것을
그대는 왜 불도저가 밀어놓은
황토 벌판에 쓸쓸히 서서
듣는 이 없는 노래를 부르며
날로 외로움 더해가는 거야
어차피 사는 일이 마찬가질진대
누구는 열심히 작업하며 기쁘고
누구는 또 세상의 아픔 짊어지고
스스로 침몰해가는 슬픔 가지는 것인지
그대는 말해
세상은 이렇게 분주해지고
사람들은 물 흐르듯 밀려오고 가는데
그대는 이 쓸쓸한 들판에 서서
지고천(至高天) 흐르는 뜨거운 바람 되어
아무런 걸릴 것 없이
서천으로 빼얼겋게 기우는
구름 보고 노래하면 무얼 해
노래하면 무얼 해

강, 깊어지는

그리움 없이,
그곳으로 부서진 육신을 떠나보낼 수 있는가
불꽃의 시간, 타고 남은 재의 부스러짐과 바람에 흩어짐 없이
어찌 상처에 흙을, 뿌릴 수 있단 말인가

그리움조차 없이, 나는 불화살처럼 한 시위에 生을,
그 투명한 눈물 한 방울을 관통하고자 하였던 것이다

병은 깊어지고, 산천 연민으로 흐려질 때,
고통과 이 삶은 어떤 유대로 묶여 있는가를
겹겹 상처의 부스러기들 쓸어보며 확인하였다

이 길 피해가지 않겠다,
생각건대, 세상의 길 어느 하나 부서져가지 않는 것 있는가
현자(賢者)께서 처음과 끝이 한 찰나에 묶여 있음을 가르쳤지만
그 찰나에, 십자가에 걸려 죽음을 기다리는 죄수처럼
쓰라린 회한과 고통의 순간들과, 벌어진 상처에,
형벌인 말의 고름과 피에,
입맞추며 흐느끼고 싶은 것이다

죽음을,

바닥없는 깊푸른 강물 너머 내가 건너야 할 피안을
만약 땅이신 어머니께서 보여주신다면
마지막 한순간까지, 놓아버리지 않을 그리움으로,
서늘히 깊어진 강물에 여윈 두 발과 가슴을
담가보리라

황혼에, 울다

아이들 돌아가버린 빈터에
개망초 발밑을 파고든다, 자욱하게
그 너머 공장들, 촉수 같은 굴뚝들 곧추세우고
시가지의 집들, 아득한 불빛을 달고 멀어진다
거미 같은 그림자 깔리고, 폐허의 비린내
그윽하다, 밤이 무섭다, 미끌미끌한 방죽에
수양버들 머리 풀고, 쓰러질 듯 컴컴하다

지워지는 풍경들 위로 사그러드는 노을,
그 배경으로 까마귀들 흩어지고
어디선가 이국적 트럼본 연주, 폐허를 감싸듯
은은하니, 가야 할 길, 정처 없다
냄새나는 둑 밑, 썩은 물 들여다보면
도시가 버린 침묵의 시체들, 젖은 채
부어 있다, 물컹, 김을 피운다

떠남은 공포인가, 단지 얼마간의
상처일 뿐인가, 우울한 모색으로 뒤척이던
저 답답한 방들, 낮은 지붕들에 짓눌리듯 엎어져 있던
일상의 빛바랜 집들, 그 위를 덮어버린, 독을 품은 채
흩어질 줄 모르던 탁한 공기, 가난의
선술집들, 치기와 열정으로 들끓었지만,
거리는 살의와 불안으로 얼어붙어 있었다

모순의 그 불모, 다시 그립다, 잠시
이미 그곳, 어쩔 수 없는 '고향'이므로
어디에서나 밤은 땅이 갈라놓은 상처 어루만지며
깊은 가슴으로 사람의 절망을 잠재우기도 하리니,

풀잎에 물방울 하나 투명하게
반짝, 떨어지며 빛난다

다시 황혼, 아름다운 몰락

마당의 메마른 꽃밭을, 처연히
내려다보며, 여인숙 툇마루에 앉은
그는 영판 거지꼴이다.

상심의 사념들이 비워버렸을
세월의 뒷모습을 본다, 그 등짝이, 비칠,
쓰러질 듯 허술하다, 습관과 쓸쓸한
일상에 기대어온 지리멸렬한 나날이
발길에 차이며, 흘러갔다.

빙하처럼, 그의 마른 얼굴에 긴 자국을 그으며,

집 떠나 떠돌아다니는 동안
남은 것은 병들어 짐스러운 육신과
망가진 꿈이 구겨져 들어 있는
버리지 못한 낡은 가방 하나뿐,
닳고 닳아 손때로 반질거리는 몇 개의 추억,
가슴에 멍울처럼 단단해져 있다.

뼈가 살을 버리면, 피는 어디로 가는 것인가

선사(禪師)들의 몸에서 나왔다는 사리를,
그 결정(結晶)들을 떠올려보며 그는 잠시 쓸쓸해하지만
모든 것 끊어버림으로써 세상에 돌려줄 뿐

무엇 하나 스스로 만들 줄 모르는바,
사람들로부터 진 빚을 갚을 길 없다.

석양은 폐허까지도 무심히 물들이고 있는데,
그 적멸(寂滅)이 부서지듯 아름답다.

컴퓨터, 혹은 길 찾기?

길 찾는 행위를 사색이라 이름한다면
이것은 가히 사색적이다

길을 찾아 안으로 들어가려면
다만 스위치를 넣고, 키를 두드리면
열린다, 길은 몇 개의 방으로 통해 있다

'들어간다'는 신호만 보내면, 방들은 간단히 열린다
방에는 기억의 상자들 가지런히 쌓여 있고,
명령을 기다리며 깜박이는 숨소리도 들린다

'벗어나라'는 명령도 있다
벗어나다니, 이것은 또 무슨 소린가,

대개 비좁은 의식의 방에 갇혀 있거나,
길 끝에 대롱대롱 매달린 존재들이여!

길을 따라 들어간 방에서
문을 열기만 하면, 또다른 길들이 기다리고 있는
이것은 거짓에 가깝지 않은가

길 찾기에 지친 시인들이여,
지상엔 길들이 거미줄처럼 가득한 듯하다
위안받을지니, 그런데

그 길들은 또 모두 어디로 통하고 있는지?

Road Warrior

산업 도로에 오르면
그의 피는 슬슬 더워진다, 아니 냉혈한처럼
거친 피부의 차가운 표정을 굳히며, 핸들을
움켜잡는다, 가죽장갑이라도 낀다면,
그는 영락없는, 길 위의 전사(戰士)!

그의 차는 Ford Mustang , 2016년형,
배기량 8200cc, 최고 속도 280km/h의
전투형 모델은 아니지만,
충돌시 탑승자 두부 상해 안전도 1위인
Excel GLSi로 무장되었다

곧, 핵사막이 나타날 것이고
(기름을 약탈하기 위해?)
펑크족의 후손이, 모래언덕 너머에서
폭주 오토바이를 몰고 떼거지로 나타난다면?

그러지는 않을 것이다, 그를 대신하여
경찰이 범죄와 폭력을 상대로 이미
전쟁중이 아닌가, 그러나 그에게도
적은 충분히 있을 법, 으스스한 긴장이 감도는데,

들판은 황량하고, 산은 두어 겹
그 너머로 밀려나 있으며, 비어버린 오후의

코스모스와 매리골드만 쓸쓸한 산업 도로, 그러나
심심찮게 전투의 파편들 길 위에 흩어지고,
처참하게 일그러진 트럭이다 구겨져버린 승용차,
바퀴를 하늘로 쳐든 채, 누워버렸거나
불탄 잔해만 앙상하거니,

그 전투의 현장을 지나면서도
그는 그저 쯧, 쯧,
혀를 차며 잠시 치를 떨 뿐,
또다시 싸울 준비라도 된 듯
폭압적인 질주에 뛰어든다

싸움은 끝없다,
길 위의 전사들!

2부

노래

그 여자는 그의 가슴에 있는 아득한 골짜기를 본다. 그녀는 그 깊은 상처에 제 몸 파묻고 싶은 충동을 가까스로 참는다. 가까이 다가갈수록 깊어지는 그의 아픔, 세상으로 난 길마다 외롭지 않은 것 없다. 바라볼수록 깊어가는 그의 어둠, 세상의 기름으로는 불 밝힐 수 없다. 가슴에 박힌 커다란 바위 속엔 사람이 한 명도 없고, 물은 메마르고 바람도 끊긴다. 여자는 이제 그의 가슴을 열고 햇살이 눈부신 바깥으로 나간다. 세상은 그저 찬란한 눈부심이다. 그녀는 곧 온몸이 더워지고, 흰 이마는 밝게 빛난다. 여자는 노래 부른다. 한 아픔을 딛고 나와 세상에 부르는 노래는 그렇게 맑고 아름답다.

세상 잠든 이 벌판에서

—잠언풍으로

모호함의 속없는 내용에 대해 그대들은 묻지 말라. 태초에 세상은 혼돈이었나니, 말하자면 처음엔 큰 바다가 있었고 그것의 지칠 줄 모르는 몸부림 중 큰 거품 하나가 떠올라 바람이 되고, 그 바람이 세상 끝없는 헤매임 끝에 처녀인 땅과 만나 잠자리를 같이하여 그대들이 태어났으니, 바람의 그 무형한 정기의 자식이요 천지의 넉넉한 품에 안긴 그대들이 무엇에게 앗긴 것 그리 많아 낮은 근심이뇨, 이제 바다는 거칠게 울부짖고 땅은 또 수십 일을 젖을 것이며 추위가 더위를 만나 잠시 온화한 기운으로 그대들을 감쌀 것이나 이내 비바람이 몰아칠 것이니, 비 그친 뒤의 맑음을 그대들은 볼 것이다. 오오, 비 그친 뒤의 맑음, 그러나 그러한 찬란함도 잠시, 땅 위의 온갖 늑대나 여우 같은 교활한 짐승들이 바람보다 먼저 설치며 지나간 뒤, 어느 날 적막한 시신들이 널린 들판에 그대들은 서서 헤매이리라. 이 땅에, 마지막 기운을 다해, 거듭 일어설 것이로다.

말조심에 관하여

술잔에 빠지는
목소리의 아득함을 어쩌랴,
엎드려 잠든 친구들이여
깨어나자, 서서 연기로 떠나가는
술잔 위에 누웠던 까만 뼈를
지켜보라, 거리에는
가난한 상인들이 늘어앉아
그대들 허술한 호주머니를 노리고,
기껏 50원이나 백 원
5백 원 정도에 기를 꺾이는
그대들의 짧은 허위
속에 화석이 되어 누운 뼈를,
목소리의 자발성 아득함을
와서 지켜보거라, 깨어서
수증기로 뜬 채
굳어버린 얼굴의 창백함을
유행과 속없는 눈물의 마른 응고를
속없는 말의 악마, 뻔뻔스러운
껍데기를 깨지 않아주마,
밖에는 혹한의 바람이 불고
길가에는 하이에나같이 외로운
상인들로 득실거리고……

또다른 출발을 꿈꾸며

1

새벽 숲으로 나가보았네
키 큰 나무들이 울울이 어깨 맞대어 이루는
크고 서늘한 가슴에 들어보았네
활엽수림이 수런대며 잠 깨고 있었지만
아무도 지난밤의 어둠을 말하진 않았네
그늘진 곳에 엎드린 돌멩이들은
하얗게 서리를 덮어쓰고도 조용하고
풀잎들의 차가운 날(刃)에도 영롱한 이슬 반짝였네
숲으로 난 길을 지나 열린 곳으로 나서자
주위는 포돗빛으로 어둠을 터뜨리며 밝아왔고
새벽은 부은 눈시울로 거기 서 있었네

2

우리는 싸워 피를 흘리고 그 피로 어두운 땅을 적셨다. 상처를 들판의 교활한 짐승들에 내보이며 제 몸 던져 근심에 들었다. 아픔에 부대끼며 쓸쓸히 부서져갔던 것이다. 지상의 비바람에 해어져 남루한 영혼들을 위로하여 어머니이신 대지엔 남빛 물안개가 자욱했다. 그리하여 우리는 마침내 한 출발점에 이르렀다.* 밤은 끝날 것 같지 않았다. 그들이 남긴 폐허를 볼 적마다 우리는 겉옷을 찢었다. 우리의 영혼은 갈가리 찢어졌고 우리의 겉옷은 넝마가 되어 있었다.* 더이상 찢길 것이 없었다. 새로운 하늘과 새로운 약속이 기다려주지 않아도, 우리가 부서진 육신과 큰 슬픔을 딛고 가야 할 곳, 가서 구속 없이 그 땅에 입맞추고 노래 부르며 한데 모여 용서의 잔을 나누어 뜨겁게 껴안을 그곳에, 그 빛나는 고통에 뼈와 살을 묻어보리라.

3

이른 새벽 지새는 별 하나
거친 들판 너머 홀로 빛났네
한 아픔이 비추는 어두운 세상
한 고통이 스러지며 남긴 외로운 빛 하나
덜 깬 새벽길을 아스라이 비추었네
어디선가 비둘기의 한 울음이
세상의 맑은 정신 하나를 깨워 일으켜
눈부신 또하나의 아침을 가리켰고
우리는 고개를 들어 천천히
그 빛을 향해 나아가기 시작했네

* 랍비 헤셸의 『명상록』 중에서.

방화(邦畵) 보는 가을

몇 사람의
고통이 화면에서 떠난다.
이내 또다른
몇 사람의 마른 열 손가락이
빨리 행동하며 잠시 멈칫거리다가
하나둘, 꼽아 세어보고는
재빨리 떠난다.

빛깔 바랜 몇 마리
절족동물의 죽은 몸에서 빠져나온
짧은 몇 마디 언적(言的)이
허공에서 길게 늘어지며
서러운 듯 어디론가 끌려간다.
신기롭게 목을 빼고 구경하던
아이 서넛, 황급히 떠난다.

몇 개의 떠나간
공장 지대의 가을이 거듭 떠난다.
쇠사슬이 비치는
옷을 입은 죄수 몇이서
화면의 마른 이랑을 일군다.
쉽게 쉽게 고통은 떠나가고
기껏 몇몇 억울한
죄수들만 남았다가

어디론가 질질 따라간다.

비는 그대를 적시며 내리고

때로
그들의 생 자체가 은혜 입은 자들도
슬픈 법이다.
아파트 단지의 그늘진 한구석
빈 놀이터는 비에 젖고
차가운 쇠붙이들은 서럽게 녹슬었다.
분명 느껴 마음 아픈 생각 몇,
현관을 나서 우산을 펴들며
그대는 볼 것이다.
늘 빛이 들지 않던 개나리 덤불 위로
흐음, 비가 내리는군, 비가 내려
부드러운 입김이 그대를 떠나는 순간
젖은 공기에 스러짐을, 그대는 보고
세워둔 차로 다가서는 그 잠시,
어깨 움츠리며 무심코
자신을 향해 내뱉는 짧은
몇 마디의 중얼거림이
그대를 하염없이 슬프게 함을……
인적 드문 아파트 단지에서의 오후 외출,
그대의 차가 떠나간 뒤에도
세상은 여전히 비어 있을 것이고……

유행

어디엘 가더라도
어둠을 채우고도 남는 먼지.
속까지 아린 아픔인데도
피 한 방울 묻어나지 않는
깜깜한 우리의 욕망이여,
쉽사리 사랑이나 헤픈 희망을 버리고
허기진 손짓으로 불러도
흐르면서도 늘 제자리에 숨쉬는
힘겨운 외출의 생리.
숨어서 스스로 지배하다가
제 힘의 무게에 일그러져 못 쓰게 된
이 집단의 암울한 질서.
몇 사람의 창(槍)은 부러지고
몇 사람의 혀는 잘린 채
한 계절의 그림자는
어느새 희미해지고,
끝까지 사랑 아니면
말도 않겠다던 사람들이
등을 돌리고
추운 어둠 속으로 들어가는 저녁.

그 봄날 저녁

그날 저녁엔 바람이 심하게 쏠려 불고
나무들도 서 있기가 불편했습니다.
옮겨 심은 지 얼마 안 되는 향나무들은
제멋대로 기울고, 뿌리 덩이를 쳐든 채
황량히 쓰러지고 있었습니다.

서성대는 키 큰 나무들 위로
음산한 구름들이 짓누르듯, 낮게 낮게 흐르고
컴컴한 구름 사이로 간간이 비치는 하늘은
남빛이 점차 짙어 어두워갔습니다.

밤이 오면, 누구는 저 거친 들판으로
누구는 또 세상의 허술한 집들을 향하여
습기 찬 바람을 온몸에 맞으며 갑니다.

제 몸 하나 가누기 어려워 쓸쓸하기만 한
들풀들의 영토에도 밤은 내리고,
사람들은 그 어두운 풍경 속으로 들어가
시린 어깨를 웅크려 잠들고
꿈꾸어 아픈 밤을 지나서는 정말 우연히
불확실한 새벽에 이르곤 하는 것입니다.

근황

가늘게 눈뜨니 바람이 마알갛다. 그 속을 흐르는 공기의 흰피톨은 투명하다. 나는 지금 화려하게 장식된 호텔 커피숍의 커다란 유리창을 통해 바깥세상을 본다. 하늘은 잔뜩 찌푸렸고, 건너편 산에 컴컴한 구름이 발을 내렸다. 그 밑에 희뿌연 시가지를 배경으로 플라타너스들이 고집스러운 몸뚱이들로만 서 있다.

새가 오지 않는다. 흰 눈이 먼지에 얼룩져 군데군데 남은 그늘의 개나리 마른 덤불 어귀에서 상한 꿈의 젊은 사내 하나 어깨를 움츠린다. 꿈 깨어지지 말기를…… 절규하듯, 갈라진 목소리의 무명 가수가 기타를 치며 낮은 노래를 부르고, 그 여자는 어디로 갔을까, 모두들 무사한가, 바깥은 혹한, 이 파묻히는 의자의 안락함을 위해 나는 저 바깥으로 나갈 수는 없는 것인가

어떤 상실
—젊은 시인의 초상

네가 좋아하던, 그리고 한때는 우리 모두의 화려한 꿈이었던 사회심리학자 내외분께서, 활짝 웃으시며 찍힌 사진이 커다랗게 실린 어느 날의 석간은, 현관 앞에서 보슬비에 소리 없이 젖어 있고, 때마침 우연한 수심(愁心) 하나 가슴을 적시니, 너는 보는지, 눈썹이 흐려지고, 원래가 시원스레 트인 미간이 더욱 넓어지는 듯, 그림 속에서도 희멀겋게 웃고 있는, 무언가 말하려던 그 입술이 아직은 바알간 채, 점점 희미해지고 있는 너의 윤곽은……

보는지, 어느 날 저녁의 황혼이 깃든 거실 소파에 기댄 채, 깜박 잠이 들어 있는 불쌍한 나를……

나의 집

소리 속에
잠들어 누웠던 고통의 눈썹이
매섭게 일어서고 있다.
불타는 숲은
사방에서 마른 소리를 보태주고
점점 바람은 빨라진다.
도처에 희끗희끗한
깃털을 날리는 가벼운 재(灰)가
정지된 채 떠 있는
방안에서 매일 아침
상쾌한 식사는 진행된다.
죽음의 견고한 일과에
침략자인 비겁한
욕망은 잠시 떳떳하다.

그림자를 닦아내고
지친 외출에서 돌아와 눕는다.
닦아낸 침상의 한끝에
심한 관절염의
목뼈 일곱 개를 나란히 포갠다.
불타는 숲의 사방
마른 소리의 바람을
조심해서 듣는다.

묵은 수첩을 버리면서

행동을
버리는 자의
가슴에 엉키는 덩굴장미
얼핏 일그러진 뼈대의 형체로 일어서던
견고한 몇 개의 사건,
바람과 저 눅눅한 세월의 오랜 습기에
부식되지 않을지라도,
언제고 기나긴 어둠과 시간의
캄캄한 동굴을 지나서
저 혼자 빛을 발할 기억을 위하여
모든 쓸쓸함을 버리고,
거기에 오래 꿈꾸어왔던 어떤
아름다운 일과 그것의 내력과
적지 않은 생멸(生滅)의 흔적들을 덧붙이면서,
그리하여 행동을
꿈꾸지 않게 되는 자
가슴에 모질게 엉키는 덩굴장미

한규민

사물이 제 빛을 잃는 밤이다, 구름이
두껍게 시가지를 내리누르고, 스스로
빛을 가진 것은 지상에 없다

고2 때의 추웠던 밤낚시, 성냥 한 개비,
대학 신입생 때 부풀던 네 연애와 뜬구름의 그 음대생,
잔디밭과 여관방에서의 포커와, 죽일 것만 같던
담배 연기, 할매식당에서의 고성방가, 미친

사소한 네 기억들은 사라졌다
이젠 폭주(暴酒)하지 않는다며, 비겁한 듯
안경 너머 친밀한 눈웃음을 감추던, 그저
한 평범한 사내가 되겠다던, 네 능력의
진실성을, 그 한계를
요즘 크게 깨닫는다

오오, 일상의 섬뜩한
반복과 무기력의 힘!

밤차를 타고

밤은 세상의 비어 있는 부분을 채워준다.
정답게, 그러나 밤의 진정한 의미나
역사를 요즈음 잘 모른다.
서른을 넘기자
더이상 눈물과 쓰라린 자의식도
갖지 못한 채, 나는 차와 함께 흔들린다.
잠들지 못하고, 차창에 비친
안경과 머리카락을 보며 어색해하고,
몇몇 창밖의 불빛들을 스치며
억울해하지 말기로 스스로 다짐한다.
떠나간 새떼의 흰 이목구비라든가
추수가 끝난 들판, 강변의 포플러 숲,
산 아래 서성이는 개량 주택의 낯선 지붕들과
어둠 속에 빨간 불을 켠 교회 십자가,
혹은 소리 없이 깨어진 유리창들……
이제는 쓸데없는 부분만으로
빈 가슴을 적시면서……

시인

그는 이제 잠시 책 보기를 멈춘다 모든 교과서를 잃어버린 시대에 사람들 옆모습만 세상으로 드러냄을 생각하며, 그는 담배에 불을 붙인다 창백한 그의 표정이 잠시 드러나고, 창밖에는 잠시 멎었던 바람이 다시 한쪽으로 쏠려 부는데, 잎 진 오동나무 가지들만 마른 꽃대들로 빈 하늘을 간신히 가리고 있다 어제저녁엔 기러기들 울며 하늘 높이 나는 것 무심히 보았고, 방송에선 떠나간 새떼에 대해 연일 보도했다 뜰에는 건조주의보 속의 마른 공기가 낡고 썰렁한 정원을 할퀴며 지나가고, 나무들 가시 같은 잔가지를 곤두세우며 불안하게 서성댄다 그가 요즘 읽는 책들 속에는 컴컴한 어둠만이 짙게 배어나고, 그는 보다 더 어두운 어떤 폐허로 숙명적인 듯, 천천히 걸어 들어간다

화가

오늘 아침에 본 그림은 둘 혹은 여러 힘들이 균형을 이루고 있는 것 아니었고, 우리는 차를 마시며 한 힘이 캔버스를 채워나가며 스스로 배경이 되는 것 보았다. 이따금 키 큰 생나무들이 쏴, 쏴, 소리 내며 넘어졌고, 그럴 때마다 깊은 골짜기는 쿵, 쿵, 울리며 더 그윽한 소리로 기침하는 것 들었다. 이제 그의 화면에는 한 힘의 구도가 광물질인 빛깔을 바꾸면서 더욱 견고한 형태로 굳어가고, 우리는 목에 힘을 주며 라디오의 행진곡을 크게 튼다. 힘의 통일을 통해 한 세계가 더욱 튼튼해지는 것 보면서, 우리는 그 세계의 평화와 또다른 힘의 균형을 꿈꾸며 진심으로 건배했다.

한 힘이 스스로를 불러모아 형태를 이루고, 그 모양이 틀을 만들어 한 정경을 이룰 때, 우리는 방안에 퍼지는 비릿한 피 냄새를 맡는다. 때로 향기로운 그 냄새, 이윽고 그의 그림은 완성된다. 쓰러진 나무들의 숲에서는 낮은 물소리 들려오고, 이제 그의 그림은 물감이 말라 굳어간다. 온갖 이질적인 색감들이 그의 손에서 통일된 질서를 이루어갈 때, 우리는 그것을 슬픈 역학이라 이름하였다. 그가 그린 숲에는 나무가 없다!

귀향유감(歸鄕有感)

차창에
쌓이는 먼지.
가로수들 윤곽 흐려지고,
길지 않은 여행을
햇살 속에서 감행함.
뜨거운 바람이
고스란히 잘려서 먼지와 함께
지나온 길바닥에 마구 버려짐.
흔들리는 차 안에서도
내 몸은 딱딱하게 고정된 채
몇몇, 죽음의 기억으로 굳어감.
밀폐된 공간에서
사람을 떠난 목소리는
공중에서 떠돌다 낮게 낮게
바닥에 깔리고, 재수 없는 몇 마디는
바퀴에 깔리며, 납작한
오징어포가 되어서
어중이떠중이 여행자들의 소주나 맥주
안주가 되어버리겠음.
쉽게 고향에
도착해버리고 말다.

또 묵은 수첩을 버리면서

또 한 권의 수첩을 버린다.
그동안 몇 번의 결혼식과
두어 건의 장례식에 부조했고,
몇 번 만년필을 바꾸며 글씨체를 바꾸듯
행동 양식도 바뀌었다.
한때 진취적인 진보주의자였으나
지금은 조용한 관망자가 되어간다.
한 번도 걸지 않은 전화번호들이 더 많았고
언제부턴가, 필요 없는 이름들을 두 줄로 그어 지우는
전에 없던 습관도 생겨났다.
빚 명세는 짧아진 대신 액수가 커지고,
한때나마 세상과 내가 주고받았던
지극히 개인적인 관계가 구체화되기 시작했으니,
이젠 서툰 꿈으로 가슴 앓는 허약함이 두렵다.
남겨놓을 기억마저 아주 희미해지고
다만 오래 지켜왔던 습관으로
나 자신 스스로에 버티고 있음을 확인할 뿐……

지상의 방 한 칸

풍진 세상에 이 한몸 내던진 뒤
닳고 닳아 병든 육신이며
위로받지 못할 쓸쓸한 정신으로 돌아와
지상의 가장 춥고 허전한 방 한 칸에
깃들어 이 한몸 의지케 되었습니다.

매일같이 온몸의 피가 빠져나가고
때로는 하늘로 열려 온갖 별을 꿈꾸는
스스로 얽히며 난마 같은 기억들 잠재우기도 하면서
가루같이 부서지는 이 한몸을 이끌어
돌아와 누울 방 한 칸에 서럽게 깃든 것이었습니다.

오오, 병중인 나를 누가 불러가주었으면,
쇠사슬인 육신의 애착을 마침내 끊어
이 손 놓아버릴 수 있다면……

갇힌 자의 얼굴

밤은 세상을 가둔다, 그는
차를 몰고 어디론가 길 떠나지만, 밤은
어디에서나 쉽사리 그를 가둘 것이다

도둑고양이 한 마리, 두 눈에 차가운 불빛을 쏘아내며
한길을 재빨리 건너가고, 마주오는 차는
더욱 강렬한 불빛으로 이쪽을 잠시 가두며
지나간다, 남녀들은 앞뒤로 적당히 떨어져서
여관에 들어가고, 또 같이 나와서는 황급히 택시를 잡
는다

갇히지 않으려고, 그들은 저리 초조한가?
저들은 그리 급한 것인가?
한적한 길가의 빈 공중전화 부스는
환하게 불을 밝힌 채 누군가를 기다리고,
어디선가 구급차가 경적을 울리며 지나갔다

길 떠나지 못하고,
꿈만으로는 그대가 벗어날 수 없는
감옥, 텅 빈, 어둠에 결정적으로!
운명을 다해, 그들은 갇혀버린다
돌아갈 길 찾지 못한 어귀에서,
밝히는 성냥불에 잠시 드러났다 이내 스러지는
창백한 표정의 얼굴 뒤로, 컴컴한 손아귀의

깊고 서늘한 어두움……

3부

봄날은 간다

미지근한 바람이 끈끈하게 몰아쳐
철 지나 맺힌 꽃 피우려 하네
따스한 봄날도 잔인하게 죽이고
세월은 나 돌아 돌아간다 하네
가서 끝내는 닿지 못할 거기
거기다 꽃잎구름 피우려 하네

라라가 아닌 지바고의 아내에게

—혹은 상심한 이들의 옛 애인에게

어릴 적부터
가슴에 맺힌 것들을
모르고 가버린 사람은 아름답다.
긴 기다림 속에서
흔히 외로움이라든가
쓸어내는 아픔을 모른다고
말할 수 있는 사람은
빈 가슴으로도 행복하다.
사랑으로 울고
사랑으로 기쁨에 떨면서도
그 사랑으로 죽지 못함이
내내 슬픔인 까닭이다.
이루지 못한
인간의 꿈보다 슬픈 것은
이루어보려고 애씀이 없는
착하디착한 사람들의
잠시 주고받는 짧은 사랑이다.

어제로 난 길

오랜만에 네게 가서, 형편없이 구겨진 우리의 어제를 보았다. 책상 위 허전한 책꽂이에서 먼지를 쓴 채 누렇게 빛이 바랜 사상전집 한 권을 집어 옆구리에 끼고서 돌아오는 겨울 상가는 썰렁하다못해 차라리 투명했다.

너의 낮고 느린 음성이 불현듯 흘러나온 전화기 앞에서 나는 잠시 아득했고, 외투를 걸친 1950년대식 룸펜의 모습으로 돌아온 너의 지친 표정은 어두운 하숙방의 묵은 그림자에 뚜렷이 각인되었다.

잊고 있었던 우리의 어제를 곱씹으면서, 나는 한쪽 시트가 유난히 꺼져 불편한 택시를 타고 밤길을 돌아와 네게 긴긴 편지를 썼다. 밤하늘은 여전히 푸르고 깊은 얼음과 같이 우리를 짓누르고 있었다.

겨울 노래

—1978년 혹한의 기억

어둠 속에 피고 지는 장미야
너는 서럽게 네 그림자 버리고도
그 어둠에 친화되어
네 모습을 지워버리지만
어디에 있을까, 너의 혼(魂)은
추운 화랑가(畵廊街)의 어느 모퉁이
담배 연기 가득찬 음악실에서의 무기력과
우울한「콜·니드라이」
아플 수밖에 없는 아픔과
돌아가 별이 될 수 없는 미련이
그대로 남아 손을 내미는
표정의 쓸쓸한 그 무엇을 너는 보는지,
네가 기다리는 청회색의 새벽은
눅눅한 안개로 올 것이고
햇살이 창 사이로 너를 찌르면
남루한 몸짓으로 누우리라,
서리에 젖은 마른 풀잎처럼
목멤의 타는 음성으로 내 너를 부르면……

답신

삶이 마치 한 그릇의 식은 죽 같으니

말은 그릇 속에 갇힌 형벌, 엉긴 번뇌!

그대여, 잠시 쉬시라,

이 발 묶인 가난과, 고단한 쓸쓸함이야말로

오래 우리가 간직하고 가야 할

유일한 위안은 아닐지?

중심가의 밤, 혹은 상한 꿈

그대는 내게서 무엇을 가져가?
이 밤에, 아픔은 어디로 깃들어 잠들고?

싸늘히 식은 얼굴, 굽은 등
찬비로 적셔지고, 세상은 그래도
씻겨서 어둠 속에 번득이는데,
문 앞의 그대, 낮은 흐느낌은
하염없이 나를 아프게 하는구나

이 중심가에서 소리 없이 떠도는 많은 잠
어느 변절의 몸짓으로도 그대는 아주
떠날 줄 모르니 쓸쓸하여라,
커다란 창에 비치는 몇 개의 가는 불빛과
흐릿한 옆모습, 그림자뿐인 존재여,

길가에 버려진 빈 종이 상자는 젖어서
구겨지고, 건물들 허리 꺾고 길가에 비스듬히
쓰러져 있는데, 그대 수심(愁心)으로 꿈꾸는
세상은 환한 유리 상자 속의 불꽃,
나직이 깔리는 낙수음을 뚫고
저 수상한 불빛들 깊이 잠재우며……

또 십자가를 세우며

—고 염도의(廉道義) 교수 묘소에서

서럽던 아픔으로 지낸 가을날
풀잎들만 누렇게 꺼칠한 이 반도의 서쪽 끝에
한 시대의 마지막 사랑을 묻었네
그리고 이렇듯 쓰러져 흐트러지며 세월 지나왔네
그때 그토록 따스하던 사랑의 질량과
미리 쓸쓸하기만 한 추억들까지도
하염없이 묻고 묻어두었네

이제 우리 다시 그 사랑 나누네
칼날 같은 바람 얼굴을 가르고
피멍 같은 어둠 가슴까지 시린
세상의 힘들고 지친 표정 다시 묻어두면서
돌아가 잠들 날, 그 평화의 아득함
쓸쓸한 휴식의 긴 그림자 덮으며
며칠 후, 며칠 후 강을 건너서
우리 다시 만나리, 꽃피우면서
우리 다시 만나리, 꽃피우면서

폐가

사람들이 쓰다 버린 물건들은 아름답습니다

그것에 우리의 눈길이 주어졌으며,

그것의 고요한 소리, 귀에 익었기 때문일 테지요

오늘은 누군가 살다가 떠나버린 집 무너진 뜨락에

종일을 앉았다가 저녁때가 되어서야 돌아왔습니다

두통 때문에 자다가 일어나 알약을 두 알 먹었습니다

가을 연서

생각지 않은 시간이 쌓여 큰 강을 이루고, 그대 생각함에 있어 나는 그 물위를 떠내려가는 나뭇잎 같습니다. 시간과 우리 생의 덧없음! 좋은 세월이군요, 붙잡을 풀잎이나 몸 댈 곳 없이 흐르는 자신의 덧없음을 그대는 사랑하시는가요, 작은 시냇물들이 모여 큰 강을 이루듯, 죽어버린 시간과 작은 그리움들의 한없는 부질없음 한데 모아 그대 서늘한 그림자라도 덮으리란 생각 버리지 못합니다. 덧없는 집착, 그대 언저리에 몸 댈 수 있을 때까지……

그대에게로

메말라 칼날 같은 바람결이 할퀴고 갈 적마다 빈 정원은 더 내놓을 것 없다는 몸짓으로 뒤척였습니다. 포플러들 잎잎이 찢어지듯 흔들리며 지고 말았습니다. 공원화 운동으로 만들어진 길가의 장미원도 마른가지들로만 여전히 쓸쓸합니다. 몇몇 인부들이 남아, 떼를 입히고 있는 잔디밭엔 풀들이 꺼칠하니 소름 돋았습니다. 늦고 허기진 가을 저녁입니다. 산업 도로에 오르면 길은 텅 비어 열렸는데도 그대에게로 이르는 내 길은 때로 어둡고 아주 고단하기만 합니다. 차창에 비치는 바깥의 어둑하고 누르스름한 풍경들은 감기를 앓는 듯, 힘없이 쓰러져갑니다. 안녕히, 불빛 아득히 드리워지기 시작하는 산업 도로에서, 나는 이 가을의 깊은 아픔과 병들어 쓸쓸한 풍경들을 지나서, 어둠 가운데 아직은 따뜻한 불로 빛나고 있을 그대에게로 떠납니다. 세상 그리움을 다해……

겟세마네 시편

—외로운 영혼에게

그대는 혼자 있을 때
비로소 빛난다.
잠든 시간만큼
아파할 줄 모르는
빈자(貧者)들의 어린 고통을 통해
말하게 하는 것도 좋으리라.
잠든 세상 가운데, 우리
가난한 어둠 가운데 그대 있음에
빛나도다.
쓸쓸한 저녁에 홀로 우는 눈썹,
조금씩 부서지며, 가라앉는 식탁 위에
몇 점, 빵과 눈물을 남겨둔 채,
젖은 무릎을 세우고 나서서
이 저녁 고개 숙일 때, 접히는 미간
깊게 그늘진 이마에 흐르는 피땀이, 그렇듯
땅을 적실 때, 세상은 아주 잠들어 있고
살아 있는 생명, 어느 숨붙이 하나
그리움과 근심으로 아픔에 들지 않는 것 없을지니,
밤 깊으면 모두가
저의 집으로 돌아감과 같이……

산중 엽서

1

이슬에 눅눅한 삭정이들 긁어모아 마당에 불을 지폈습니다. 매캐한 연기만 짙게 피어오르다가, 조금 남은 석유를 끼얹으니 금세 환한 불꽃으로 터져오릅니다. 주위가 밝아지자 어둠에 묻혔던 자질구레한 나무 조각들이며 처마밑에 아무렇게나 걸린 도구들이 여기저기서 희미한 모습을 드러냅니다. 방문 앞 부서진 굴뚝 옆에 누웠던 고양이의 두 눈이 차가운 불빛을 쏘아내는데, 등이 써늘하여 몸을 돌려 고개를 드니, 문득 남빛 하늘의 무수한 별빛이 은싸래기처럼 마당 한쪽에 선 감나무 가지들에 걸리듯 마구 쏟아져내리고 있었습니다.

2

이곳을 떠나며 몇 자 적습니다. 이제 여기로 편지 주지 마십시오. 사람 없어 썰렁한 산사 어귀의 간이식당에서 늦은 아침을 먹습니다. 맞은편 어두컴컴한 구석에 간밤 여인숙에서 크게 울며 잠을 설치게 했던 청년 하나가, 바지 주머니에 손을 찌른 채, 웅크리고 앉아 텅 빈 주차장을 내다보고 앉았습니다. 그의 깨끗한 옆얼굴과 차가운 안경, 이곳 날씨에 어울리지 않는 평상복 차림이 더욱 추워 보입니다. 뜨거운 국물 한 숟갈을 입에 뜨니, 그만 눈물이 핑, 도는군요. 너무도 쓸쓸한 아침입니다. 그립고 그리운 당신입니다. 병이 깊어 이곳 산으로 든 지가 벌써 석 달인가요. 하얗게 서리를 뒤집어쓴 돌멩이들 위로, 어

디선가 흙먼지가 일어나 그것들을 쓸고 갑니다. 이제 버스가 오는가봅니다. 그럼,

가을 엽서

네가 살고 있는 곳에는
과수원 탱자나무 울타리에
지난여름 홍수에 떠내려온
몇 낱 설익은 능금과 지푸라기들이 걸려 있겠지,
일상이 너에 대한 기억들을 앗아가고
문득 편린으로 작은 아픔이 되어
너는 내 가슴에 와 박힌다.
맑은 개천이 얕게 흐르는 다리 건너
우체국 맞은편 낮은 처마의 먼지 같은
아주 자잘한 정경들을 그려보고,
작은 것들을 모아 조그만 그 무엇을 만들겠다던
너의 상기된 목소리가 살아 있음을 느낀다.
해질녘의 들길을 어색하게 거닐었고
포도밭 옆의 작은 개울에 발 담그던
그러한 시간과 풋풋한 평화가
아직도 그 동네엔 남아 있는지,
들판 한가운데 일렬로 선 미루나무를
스케치하던 너에게
이 가을, 한 편의 스케치처럼 엽서 보낸다.

감춰진 풍경
—소묘 1

지당에 실비 부슬부슬 가라앉고
금붕어 두 마리 놀다가 숨었는데
숨은 꽃잎 위에 또 하나 꽃잎 진다.
금붕어는 꽃잎에 숨고
꽃잎이 세상을 감출 때까지
세상의 정갈한 평화 하나
이 저녁의 어스름에 묻히니
어둠에 묻힌 세상 잠든 것들은
남빛 하늘 아래 아름답다.

비 갠 날의 풍경

—소묘 2

이름 모를 꽃들이 한데 어우러져 형체도 분간키 어려운데 하얀 셔츠를 입은 아이 하나가 그 속을 달린다. 노랑초록빨강보라연두주황…… 색색의 꽃들이 흐드러져 윤곽으로 희미한데, 나비의 형상으로 한 아이 흔들린다. 밀물처럼 밀리는 꽃바람에 너울거린다. 그러다가 누가 물 묻은 거울의 한쪽을 닦아내는 듯 선명한 모습이 조금 있다 드러난다. 비 그친 뒤의 깨끗함, 이 맑은 세상에서 저 홀로 빛나며 어여쁘지 않은 것 없다. 병든 가난마저 눈부시게 찬란하다.

나무가 있는 풍경
—소묘 3

구름이 나무를 배신하고 억수 같은 소낙비를 퍼부을 때, 나무는 저의 성질을 제가 잘 아는 듯, 그 배신을 사랑하고 퍼붓는 사랑에 취해 빗속에 그냥 섰다.

이윽고 비가 멈추자, 참새가 날아와 나무의 겨드랑이를 파고들면서 그의 어리석음을 놀리기나 하는 듯, 물 묻은 깃털을 털며 지저귄다.

나무의 조용한 웃음을 까불대는 참새는 보지 못한다. 그의 고요한 숨결 같은 사랑을 재잘대는 참새가 알 리 없다.

이름 없는 것들에게

이제
쓸쓸한 모든 꿈을 버리고
거기 너의 조그만 숨결 하나
묻어둘 수 있을 때
행복하리라,
시간이 흘러 세상은 또 바뀌고
그때, 인간의 가장 진실된 말로써
그것을 말하게 하면
빛을 발하리라,
지금은 이름 없는 모든 슬픔들이여
아아, 지금은 이름 없는……

철조망과 아이

공사장 구석에 수북이 모인 잡풀 더미 위로 허술한 철조망 담장이 모로 넘어져가고, 풀어져 처진 철조망 너머 아이들이 쪼그리고 앉아 이쪽을 내다본다. 보이지 않던 세월이 인적 드문 한구석의 잡풀로 일어서고, 밑바닥이 보이지 않는 철조망 담장은 흐트러져 경계가 분명치 않으니, 문득 우리가 사는 유한 경계가 이 철조망처럼 엉키어 흩어지고 만 느낌이다. 아아, 그러나 그 너머 쪼그려 앉아 화안한 얼굴로 웃고 있는 아이들은 이 모습 잃은 경계에서 무엇이란 말이던가?

아이들의 맨발에 묻은 흙 사이로 하얗게 드러난 발목, 그렇다면 얕은 비탈에 도드라진 연초록 잔디 위에 버젓이 자리잡은 그림자의 춤추는 햇살로도 감히 침범하지 못하는, 눈부신 이 작은 경계는?

문학동네포에지 086

침엽수림에서

초판 인쇄 2023년 12월 10일
초판 발행 2023년 12월 22일

지은이—엄원태
책임편집—김민정
편집—유성원 김동휘 권현승 유정서
표지 디자인—이기준 이혜진
본문 디자인—이혜진
저작권—박지영 형소진 최은진 서연주 오서영
마케팅—정민호 박치우 한민아 이민경 박진희 정경주 정유선 김수인
브랜딩—함유지 함근아 고보미 박민재 김희숙 박다솔 조다현 정승민 배진성
제작—강신은 김동욱 이순호
제작처—영신사

펴낸곳—(주)문학동네
펴낸이—김소영
출판등록—1993년 10월 22일 제2003-000045호
주소—10881 경기도 파주시 회동길 210
전자우편—editor@munhak.com
대표전화—031-955-8888 / 팩스—031-955-8855
문의전화—031-955-2689(마케팅), 031-955-8865(편집)
문학동네카페—cafe.naver.com/mhdn
인스타그램—@munhakdongne / 트위터—@munhakdongne
북클럽문학동네—bookclubmunhak.com

ISBN 978-89-546-9786-6 03810

www.munhak.com

문학동네